Taschenbuch – Literatur - Klassiker

AF206142

Joseph Roth
Die Legende vom heiligen Trinker

Joseph Roth
Die Legende vom heiligen Trinker

FSC
www.fsc.org

MIX

Papier aus ver-
antwortungsvollen
Quellen
Paper from
responsible sources

FSC® C105338

1.Aufl.
TLK Taschenb.-Literatur-Klassiker
Herausgeber Frank Weber, Marburg
Bibliografische Information der Deutschen Nationalbibliothek:
Die Deutsche Nationalbibliothek verzeichnet diese Publikation in der Deutschen
Nationalbibliografie; detaillierte bibliografische Daten sind im Internet abrufbar über
http://dnb.dnb.de
© 2020 Joseph Roth
ISBN: 9783751918886
Herstellung und Verlag: BoD – Books on Demand, Norderstedt

Die Legende vom heiligen Trinker

1

An einem Frühlingsabend des Jahres 1934 stieg ein Herr gesetzten Alters die steinernen Stufen hinunter, die von einer der Brücken über die Seine zu deren Ufern führen. Dort pflegen, wie fast aller Welt bekannt ist und was dennoch bei dieser Gelegenheit in das Gedächtnis der Menschen zurückgerufen zu werden verdient, die Obdachlosen von Paris zu schlafen, oder besser gesagt: zu lagern.

Einer dieser Obdachlosen nun kam dem Herrn gesetzten Alters, der übrigens wohlgekleidet war und den Eindruck eines Reisenden machte, der die Sehenswürdigkeiten fremder Städte in Augenschein zu nehmen gesonnen war, von ungefähr entgegen. Dieser Obdachlose sah zwar genauso verwahrlost und erbarmungswürdig aus wie alle die anderen, mit denen er sein Leben teilte, aber er schien dem wohlgekleideten Herrn gesetzten Alters einer besonderen Aufmerksamkeit würdig; warum wissen wir nicht.

Es war, wie gesagt, bereits Abend, und unter den Brücken, an den Ufern des Flusses, dunkelte es stärker als oben, auf dem Kai und auf den Brücken. Der obdachlose und sichtlich verwahrloste Mann schwankte ein wenig. Er schien den älteren wohlangezogenen Herrn nicht zu bemerken. Dieser aber, der gar nicht schwankte, sondern sicher und geradewegs seine Schritte dahinlenkte, hatte schon offenbar von weitem den Schwankenden bemerkt. Der Herr gesetzten Alters vertrat geradezu dem verwahrlosten Mann den Weg. Beide blieben sie einander gegenüber stehen.

»Wohin gehen Sie, Bruder?« – fragte der ältere wohlgekleidete Herr.

Der andere sah ihn einen Augenblick an, dann sagte er:

»Ich wüßte nicht, daß ich einen Bruder hätte, und ich weiß nicht, wo mich der Weg hinführt.«

»Ich werde versuchen, Ihnen den Weg zu zeigen« – sagte der Herr. »Aber Sie sollen mir nicht böse sein, wenn ich Sie um einen ungewöhnlichen Gefallen bitte.«

»Ich bin zu jedem Dienst bereit« antwortete der Verwahrloste.

»Ich sehe zwar, daß Sie manche Fehler haben. Aber Gott schickt Sie mir in den Weg. Gewiß brauchen Sie Geld, nehmen Sie mir diesen Satz nicht übel! Ich habe zuviel. Wollen Sie mir aufrichtig sagen, wieviel Sie brauchen? Wenigstens für den Augenblick?«

Der andere dachte ein paar Sekunden nach, dann sagte er: »Zwanzig Francs.«

»Das ist gewiß zu wenig« – erwiderte der Herr. »Sie brauchen sicherlich zweihundert.«

Der Verwahrloste trat einen Schritt zurück, und es sah aus, als ob er fallen sollte, aber er blieb dennoch aufrecht, wenn auch schwankend. Dann sagte er: »Gewiß sind mir zweihundert Francs lieber als zwanzig, aber ich bin ein Mann von Ehre. Sie scheinen mich zu verkennen. Ich kann das Geld, das Sie mir anbieten, nicht annehmen, und zwar aus folgenden Gründen: erstens, weil ich nicht die Freude habe, Sie zu kennen; zweitens, weil ich nicht weiß, wie und wann ich es Ihnen zurückgeben könnte; drittens, weil Sie auch nicht die Möglichkeit haben, mich zu mahnen. Denn ich habe keine Adresse. Ich wohne fast jeden Tag unter einer anderen Brücke dieses Flusses. Dennoch bin ich, wie ich schon einmal betont habe, ein Mann von Ehre, wenn auch ohne Adresse.«

»Auch ich habe keine Adresse«, antwortete der Herr gesetzten Alters, »auch ich wohne jeden Tag unter einer anderen Brücke, und ich bitte Sie dennoch, die zweihundert Francs – eine lächerliche Summe übrigens für einen Mann wie Sie – freundlich anzunehmen. Was nun die Rückzahlung betrifft, so muß ich weiter ausholen, um Ihnen erklärlich zu machen, weshalb ich Ihnen etwa keine Bank angeben kann, wo Sie das Geld zurückgeben könnten. Ich bin nämlich ein Christ geworden, weil ich die Geschichte der kleinen heiligen Therese von Lisieux gelesen habe. Und nun verehre ich insbesondere jene kleine Statue der Heiligen, die sich in der Kapelle Ste Marie des Batignolles befindet und die Sie leicht sehen werden. Sobald Sie also die armseligen zweihundert Francs haben und Ihr Gewissen Sie zwingt, diese lächerliche Summe nicht schuldig zu bleiben, gehen Sie, bitte, in die Ste Marie des Batignolles und hinterlegen Sie dort zu Händen des Priesters, der die Messe gerade gelesen hat, dieses Geld. Wenn Sie es überhaupt jemandem schulden, so ist es die kleine heilige Therese. Aber vergessen Sie nicht: in der Ste Marie des Batignolles.«

»Ich sehe« – sagte da der Verwahrloste – »daß Sie mich und meine Ehrenhaftigkeit vollkommen begriffen haben. Ich gebe Ihnen mein Wort, daß ich mein Wort halten werde. Aber ich kann nur sonntags in die Messe gehen.«

»Bitte, sonntags«, sagte der ältere Herr. Er zog zweihundert Francs aus der Brieftasche, gab sie dem Schwankenden und sagte:»Ich danke Ihnen!«

»Es war mir ein Vergnügen« – antwortete dieser und verschwand alsbald in der tiefen Dunkelheit.

Denn es war inzwischen unten finster geworden, indes oben, auf den Brücken und an den Kais, sich die silbernen Laternen entzündeten, um die fröhliche Nacht von Paris zu verkünden.

2

Auch der wohlgekleidete Herr verschwand in der Finsternis. Ihm war in der Tat das Wunder der Bekehrung zuteil geworden. Und er hatte beschlossen, das Leben der Ärmsten zu führen. Und er wohnte deshalb unter der Brücke.

Aber was den anderen betrifft, so war er ein Trinker, geradezu ein Säufer. Er hieß Andreas. Und er lebte von Zufällen, wie viele Trinker. Lange war es her, daß er zweihundert Francs besessen hatte. Und vielleicht deshalb, weil es so lange her war, zog er beim kümmerlichen Schein einer der seltenen Laternen unter einer der Brücken ein Stückchen Papier hervor und den Stumpf von einem Bleistift und schrieb sich die Adresse der kleinen heiligen Therese auf und die Summe von zweihundert Francs, die er ihr von dieser Stunde an schuldete. Er ging eine der Treppen hinauf, die von den Ufern der Seine zu den Kais hinaufführen. Dort, das wußte er, gab es ein Restaurant. Und er trat ein, und er aß und trank reichlich, und er gab viel Geld aus, und er nahm noch eine ganze Flasche mit, für die Nacht, die er unter der Brücke zu verbringen gedachte, wie gewöhnlich. Ja, er klaubte sich sogar noch eine Zeitung aus einem Papierkorb auf. Aber nicht, um in ihr zu lesen, sondern um sich mit ihr zuzudecken. Denn Zeitungen halten warm, das wissen alle Obdachlosen.

3

Am nächsten Morgen stand Andreas früher auf, als er gewohnt war, denn er hatte ungewöhnlich gut geschlafen. Er erinnerte sich nach langer Überlegung, daß er gestern ein Wunder erlebt hatte, ein Wunder. Und, da er in dieser letzten warmen Nacht, zugedeckt von der Zeitung, besonders gut geschlafen zu haben glaubte, wie seit langem nicht, beschloß er auch, sich zu waschen, was er seit vielen Monaten, nämlich in der kälteren Jahreszeit, nicht getan hatte. Bevor er aber seine Kleider ablegte, griff er noch einmal in die innere linke Rocktasche, wo, seiner Erinnerung nach, der greifbare Rest des Wunders sich befinden mußte. Nun suchte er eine besonders abgelegene Stelle an der Böschung der Seine, um sich zumindest Gesicht und Hals zu waschen. Da es ihm aber schien, daß überall Menschen, armselige Menschen seiner Art eben (verkommen, wie er sie auf einmal selbst im stillen nannte), seiner Waschung zusehen könnten, verzichtete er schließlich auf sein Vorhaben und begnügte sich damit, nur die Hände ins Wasser zu tauchen. Hierauf zog er sich den Rock wieder an, griff noch einmal nach dem Schein in der linken inneren Tasche und kam sich vollständig gesäubert und geradezu verwandelt vor. Er ging in den Tag hinein, in einen seiner Tage, die er seit undenklichen Zeiten zu vertun gewohnt war, entschlossen, sich auch heute in die gewohnte Rue des Quatre Vents zu begeben, wo sich das russisch-armenische Restaurant Tari-Bari befand und wo er das kärgliche Geld, das ihm der tägliche Zufall beschied, in billigen Getränken anlegte.

Allein, an dem ersten Zeitungskiosk, an dem er vorbeikam, blieb er stehen, angezogen von den Illustrationen mancher Wochenschriften, aber auch plötzlich von der Neugier erfaßt, zu wissen, welcher Tag heute sei, welches Datum und welchen Namen dieser Tag trage. Er kaufte also eine Zeitung und sah, daß es ein Donnerstag war, und erinnerte sich plötzlich, daß er an einem Donnerstag geboren worden war, und ohne nach dem Datum zu sehen, beschloß er, diesen Donnerstag gerade für seinen Geburtstag zu halten. Und da er schon von einer kindlichen Feiertagsfreude ergriffen war, zögerte er auch nicht mehr einen Augenblick, sich guten, ja edlen Vorsätzen hinzugeben und nicht in das Tari-Bari einzutreten, sondern, die Zeitung in der Hand, in eine bessere Taverne, um dort einen Kaffee, allerdings mit Rum arrosiert, zu nehmen und ein Butterbrot zu essen.

Er ging also, selbstbewußt, trotz seiner zerlumpten Kleidung, in ein bürgerliches Bistro, setzte sich an einen Tisch, er, der seit so langer Zeit nur an der Theke zu stehen gewohnt war, das heißt:

an ihr zu lehnen. Er setzte sich also. Und da sich seinem Sitz gegenüber ein Spiegel befand, konnte er auch nicht umhin, sein Angesicht zu betrachten, und es war ihm, als machte er jetzt aufs neue mit sich selbst Bekanntschaft. Da erschrak er allerdings. Er wußte auch zugleich, weshalb er sich in den letzten Jahren vor Spiegeln so gefürchtet hatte. Denn es war nicht gut, die eigene Verkommenheit mit eigenen Augen zu sehen. Und solange man es nicht anschaun mußte, war es beinahe so, als hätte man entweder überhaupt kein Angesicht, oder noch das alte, das herstammte aus der Zeit vor der Verkommenheit.

Jetzt aber erschrak er, wie gesagt, insbesondere, da er seine Physiognomie mit jenen der wohlanständigen Männer verglich, die in seiner Nachbarschaft saßen. Vor acht Tagen hatte er sich rasieren lassen, schlecht und recht, wie es eben ging, von einem seiner Schicksalsgenossen, die hie und da bereit waren, einen Bruder zu rasieren, gegen ein geringes Entgelt. Jetzt aber galt es, da man beschlossen hatte, ein neues Leben zu beginnen, sich wirklich, sich endgültig rasieren zu lassen. Er beschloß, in einen richtigen Friseurladen zu gehen, bevor er noch etwas bestellte.

Gedacht, getan – und er ging in einen Friseurladen.

Als er in die Taverne zurückkam, war der Platz, den er vorher eingenommen hatte, besetzt, und er konnte sich also nur von ferne im Spiegel sehen. Aber es reichte vollkommen, damit er erkenne, daß er verändert sei, verjüngt und verschönt. Ja, es war, als ginge von seinem Angesicht ein Glanz aus, der die Zerlumptheit der Kleider unbedeutend machte und die sichtlich zerschlissene Hemdbrust – und die rot-weiß gestreifte Krawatte, geschlungen um den Kragen mit rissigem Rand.

Also setzte er sich, unser Andreas, und im Bewußtsein seiner Erneuerung bestellte er mit jener sicheren Stimme, die er dereinst besessen hatte und die ihm jetzt wieder, wie eine alte liebe Freundin, zurückgekommen schien, einen »café, arroseé rhum«. Diesen bekam er auch, und, wie er zu bemerken glaubte, mit allem gehörigen Respekt, wie er sonst von Kellnern ehrwürdigen Gästen gegenüber bezeugt wird. Dies schmeichelte unserm Andreas besonders, es erhöhte ihn auch, und es bestätigte ihm seine Annahme, daß er gerade heute Geburtstag habe.

Ein Herr, der allein in der Nähe des Obdachlosen saß, betrachtete ihn längere Zeit, wandte sich um und sagte: »Wollen Sie Geld verdienen? Sie können bei mir arbeiten. Ich übersiedle nämlich morgen. Sie könnten meiner Frau und auch den Möbelpackern helfen. Mir scheint, Sie sind kräftig genug. Sie können doch? Sie wollen doch?«

»Gewiß will ich«, antwortete Andreas.

»Und was verlangen Sie«, fragte der Herr, »für eine Arbeit von zwei Tagen? Morgen und Samstag? Denn ich habe eine ziemlich große Wohnung, müssen Sie wissen, und ich beziehe eine noch größere. Und viele Möbel habe ich auch. Und ich selbst habe in meinem Geschäft zu tun.«

»Bitte, ich bin dabei!« – sagte der Obdachlose.

»Trinken Sie?« – fragte der Herr.

Und er bestellte zwei Pernods, und sie stießen an, der Herr und der Andreas, und sie wurden miteinander auch über den Preis einig: er betrug zweihundert Francs.

»Trinken wir noch einen?« – fragte der Herr, nachdem er den ersten Pernod geleert hatte.

»Aber jetzt werde ich zahlen«, sagte der obdachlose Andreas. »Denn Sie kennen mich nicht: ich bin ein Ehrenmann. Ein ehrlicher Arbeiter. Sehen Sie meine Hände!« –

Und er zeigte seine Hände her. – »Es sind schmutzige, schwielige, aber ehrliche Arbeiterhände.«

»Das hab' ich gern!« – sagte der Herr. Er hatte funkelnde Augen, ein rosa Kindergesicht und genau in der Mitte einen schwarzen kleinen Schnurrbart. Es war, im ganzen genommen, ein ziemlich freundlicher Mann, und Andreas gefiel er gut.

Sie tranken also zusammen, und Andreas zahlte die zweite Runde. Und als sich der Herr mit dem Kindergesicht erhob, sah Andreas, daß er sehr dick war. Er zog seine Visitenkarte aus der Brieftasche und schrieb seine Adresse darauf. Und hierauf zog er noch einen Hundertfrancsschein aus der gleichen Brieftasche, überreichte beides dem Andreas und sagte dazu: »Damit Sie auch sicher morgen kommen! Morgen früh um acht! Vergessen Sie nicht! Und den Rest bekommen Sie! Und nach der Arbeit trinken wir wieder einen Apéritif zusammen. Auf Wiedersehn! lieber Freund!« – Damit ging der Herr, der dicke, mit dem Kindergesicht, und den Andreas verwunderte nichts mehr als dies, daß der dicke Mann die Adresse aus der gleichen Tasche gezogen hatte wie das Geld.

Nun, da er Geld besaß und noch die Aussicht hatte, mehr zu verdienen, beschloß er, sich ebenfalls eine Brieftasche anzuschaffen. Zu diesem Zweck begab er sich auf die Suche nach einem Lederwaren-Laden. In dem ersten, der auf seinem Wege lag, stand eine junge Verkäuferin. Sie erschien ihm sehr hübsch, wie sie so hinter dem Ladentisch stand, in einem strengen schwarzen Kleid, ein weißes Lätzchen über der Brust, mit Löckchen am Kopf und einem schweren Goldreifen am rechten Handgelenk. Er nahm den Hut vor ihr ab und sagte heiter: »Ich suche eine Brieftasche.« Das Mädchen warf einen flüchtigen Blick auf seine schlechte Kleidung, aber es war nichts Böses in ihrem Blick, sondern sie hatte den Kunden nur einfach abschätzen wollen. Denn es befanden sich in ihrem Laden teure, mittelteure und ganz billige Brieftaschen. Um überflüssige Fragen zu ersparen, stieg sie sofort eine Leiter hinauf und holte eine Schachtel aus der höchsten Etagere. Dort lagerten nämlich die Brieftaschen, die manche Kunden zurückgebracht hatten, um sie gegen andere einzutauschen.

Hierbei sah Andreas, daß dieses Mädchen sehr schöne Beine und sehr schlanke Halbschuhe hatte, und er erinnerte sich jener halbvergessenen Zeiten, in denen er selbst solche Waden gestreichelt, solche Füße geküßt hatte; aber der Gesichter erinnerte er sich nicht mehr, der Gesichter der Frauen; mit Ausnahme eines einzigen, nämlich jenes, für das er im Gefängnis gesessen hatte.

Indessen stieg das Mädchen von der Leiter, öffnete die Schachtel, und er wählte eine der Brieftaschen, die zuoberst lagen, ohne sie näher anzusehen. Er zahlte und setzte den Hut wieder auf und lächelte dem Mädchen zu, und das Mädchen lächelte wieder. Zerstreut steckte er die neue Brieftasche ein, aber das Geld ließ er daneben liegen. Ohne Sinn erschien ihm plötzlich die Brieftasche. Hingegen beschäftigte er sich mit der Leiter, mit den Beinen, mit den Füßen des Mädchens. Deshalb ging er in die Richtung des Montmartre, jene Stätten zu suchen, an denen er früher Lust genossen hatte. In einem steilen und engen Gäßchen fand er auch die Taverne mit den Mädchen. Er setzte sich mit mehreren an einen Tisch, bezahlte eine Runde und wählte eines von den Mädchen, und zwar jenes, das ihm am nächsten saß. Hierauf ging er zu ihr. Und obwohl es erst Nachmittag war, schlief er bis in den grauenden Morgen – und weil die Wirte gutmütig waren, ließen sie ihn schlafen.

Am nächsten Morgen, am Freitag also, ging er zu der Arbeit, zu dem dicken Herrn. Dort galt es, der Hausfrau beim Einpacken zu helfen, und obwohl die Möbelpacker bereits ihr Werk verrichteten, blieben für Andreas noch genug schwierige und weniger harte Hilfeleistungen übrig. Doch spürte er im Laufe des Tages die Kraft in seine Muskeln zurückkehren und freute sich der Arbeit. Denn bei der Arbeit war er aufgewachsen, ein Kohlenarbeiter, wie sein Vater, und noch ein wenig ein Bauer, wie sein Großvater.

Hätte ihn nur die Frau des Hauses nicht so aufgeregt, die ihm sinnlose Befehle erteilte und ihn mit einem einzigen Atemzug hierhin und dorthin beorderte, so daß er nicht wußte, wo ihm der Kopf stand. Aber sie selbst war aufgeregt, er sah es ein. Es konnte auch ihr nicht leichtfallen, so mir nichts, dir nichts, zu übersiedeln, und vielleicht hatte sie auch Angst vor dem neuen Haus. Sie stand angezogen, im Mantel, mit Hut und Handschuhen, Täschchen und Regenschirm, obwohl sie doch hätte wissen müssen, daß sie noch einen Tag und eine Nacht und auch morgen noch im Hause verbleiben müsse. Von Zeit zu Zeit mußte sie sich die Lippen schminken, Andreas begriff es vortrefflich. Denn sie war eine Dame. Andreas arbeitete den ganzen Tag. Als er fertig war, sagte die Frau des Hauses zu ihm: »Kommen Sie morgen pünktlich, um sieben Uhr früh.« Sie zog ein Beutelchen aus ihrem Täschchen, Silbermünzen lagen darin. Sie suchte lange, ergriff ein Zehnfrancsstück, ließ es aber wieder ruhen, dann entschloß sie sich, fünf Francs hervorzuziehen. »Hier ein Trinkgeld!« – sagte sie. »Aber« – so fügte sie hinzu – »vertrinken Sie's nicht ganz und seien Sie pünktlich morgen hier!«

Andreas dankte, ging, vertrank das Trinkgeld, aber nicht mehr. Er verschlief diese Nacht in einem kleinen Hotel.

Man weckte ihn um sechs Uhr morgens. Und er ging frisch an seine Arbeit.

4

So kam er am nächsten Morgen, früher noch als die Möbelpacker. Und wie am vorigen Tage stand die Frau des Hauses schon da, angekleidet, mit Hut und Handschuhen, als hätte sie sich gar nicht schlafen gelegt, und sagte zu ihm freundlich: »Ich sehe also, daß Sie gestern meiner Mahnung gefolgt sind und wirklich nicht alles Geld vertrunken haben.«

Nun machte sich Andreas an die Arbeit. Und er begleitete noch die Frau in das neue Haus, in das sie übersiedelten, und wartete, bis der freundliche, dicke Mann kam, und der bezahlte ihm den versprochenen Lohn.

»Ich lade Sie noch auf einen Trunk ein«, sagte der dicke Herr. »Kommen Sie mit.«

Aber die Frau des Hauses verhinderte es, denn sie trat dazwischen und verstellte geradezu ihrem Mann den Weg und sagte:»Wir müssen gleich essen.« Also ging Andreas allein weg, trank allein und aß allein an diesem Abend und trat noch in zwei Tavernen ein, um an den Theken zu trinken. Er trank viel, aber er betrank sich nicht und gab acht, daß er nicht zuviel Geld ausgäbe, denn er wollte morgen, eingedenk seines Versprechens, in die Kapelle Ste Marie des Batignolles gehen, um wenigstens einen Teil seiner Schuld an die kleine heilige Therese abzustatten. Allerdings trank er gerade so viel, daß er nicht mehr mit einem ganz sicheren Auge und mit dem Instinkt, den nur die Armut verleiht, das allerbilligste Hotel jener Gegend finden konnte.

Also fand er ein etwas teureres Hotel und auch hier zahlte er im voraus, weil er zerschlissene Kleider und kein Gepäck hatte. Aber er machte sich gar nichts daraus und schlief ruhig, ja, bis in den Tag hinein. Er erwachte durch das Dröhnen der Glocken einer nahen Kirche und wußte sofort, was heute für ein wichtiger Tag sei: ein Sonntag; und daß er zur kleinen heiligen Therese müsse, um ihr seine Schuld zurückzuzahlen. Flugs fuhr er nun in die Kleider und begab sich schnellen Schrittes zu dem Platz, wo sich die Kapelle befand. Er kam aber dennoch nicht rechtzeitig zur Zehn-Uhr-Messe an, die Leute strömten ihm gerade aus der Kirche entgegen. Er fragte, wann die nächste Messe beginne, und man sagte ihm, sie fände um zwölf Uhr statt. Er wurde ein wenig ratlos, wie er so vor dem Eingang der Kapelle stand. Er hatte noch eine Stunde Zeit, und diese wollte er keineswegs auf der Straße verbringen.

Er sah sich also um, wo er am besten warten könne, und erblickte rechts schräg gegenüber der Kapelle ein Bistro, und dorthin ging er und beschloß, die Stunde, die ihm übrigblieb, abzuwarten.

Mit der Sicherheit eines Menschen, der Geld in seiner Tasche weiß, bestellte er einen Pernod, und er trank ihn auch mit der Sicherheit eines Menschen, der schon viele in seinem Leben getrunken hatte. Er trank noch einen zweiten und einen dritten, und er schüttete immer weniger Wasser in sein Glas nach. Und als gar der vierte kam, wußte er nicht mehr, ob er zwei, fünf oder sechs Gläser getrunken hatte. Auch erinnerte er sich nicht mehr, weshalb er in dieses Café und an diesen Ort geraten sei. Er wußte lediglich noch, daß er hier einer Pflicht, einer Ehrenpflicht, zu gehorchen hatte, und er zahlte, erhob sich, ging, immerhin noch sicheren Schrittes, zur Tür hinaus, erblickte die Kapelle schräg links gegenüber und wußte sofort wiederum, wo, warum und wozu er sich hier befinde. Eben wollte er den ersten Schritt in die Richtung der Kapelle lenken, als er plötzlich seinen Namen rufen hörte. »Andreas!« – rief eine Stimme, eine Frauenstimme. Sie kam aus verschütteten Zeiten. Er hielt inne und wandte den Kopf nach rechts, woher die Stimme gekommen war. Und er erkannte sofort das Gesicht, dessentwegen er im Gefängnis gesessen war. Es war Karoline.

Karoline! Zwar trug sie Hut und Kleider, die er nie an ihr gekannt hatte, aber es war doch ihr Gesicht, und also zögerte er nicht, ihr in die Arme zu fallen, die sie im Nu ausgebreitet hatte. »Welch eine Begegnung«, sagte sie. Und es war wahrhaftig ihre Stimme, die Stimme der Karoline. »Bist du allein?« – fragte sie.

»Ja«, sagte er, »ich bin allein.«

»Komm, wir wollen uns aussprechen«, sagte sie.

»Aber, aber«, erwiderte er, »ich bin verabredet.«

»Mit einem Frauenzimmer?« – fragte sie.

»Ja«, – sagte er furchtsam.

»Mit wem?«

»Mit der kleinen Therese« – antwortete er.

»Sie hat nichts zu bedeuten« – sagte Karoline.

In diesem Augenblick fuhr ein Taxi vorbei, und Karoline hielt es mit ihrem Regenschirm auf. Und schon sagte sie eine Adresse dem Chauffeur, und ehe sich es noch Andreas versehen hatte, saß er drinnen im Wagen neben Karoline, und schon rollten sie, schon rasten sie dahin, wie es Andreas schien, durch teils bekannte, teils unbekannte Straßen, weiß Gott, in welche Gefilde!

Jetzt kamen sie in eine Gegend außerhalb der Stadt; lichtgrün, vorfrühlingsgrün war die Landschaft, in der sie hielten, das heißt der Garten, hinter dessen spärlichen Bäumen sich ein verschwiegenes Restaurant verbarg.

Karoline stieg zuerst aus; mit dem Sturmesschritt, den er an ihr gewohnt war, stieg sie zuerst aus, über seine Knie hinweg. Sie zahlte, und er folgte ihr. Und sie gingen ins Restaurant und saßen nebeneinander auf einer Banquette aus grünem Plüsch, wie einst in jungen Zeiten, vor dem Kriminal. Sie bestellte das Essen, wie immer, und sie sah ihn an, und er wagte nicht, sie anzusehen.

»Wo bist du die ganze Zeit gewesen?« – fragte sie.

»Überall, nirgends« – sagte er. »Ich arbeite erst seit zwei Tagen wieder. Die ganze Zeit, seitdem wir uns nicht wiedersehn haben, habe ich getrunken, und ich habe unter den Brücken geschlafen, wie alle unsereins, und du hast wahrscheinlich ein besseres Leben geführt. – Mit Männern«, fügte er nach einiger Zeit hinzu.

»Und du?« fragte sie. »Mittendrin, wo du versoffen bist und ohne Arbeit und wo du unter den Brücken schläfst, hast du noch Zeit und Gelegenheit, eine Therese kennenzulernen. Und wenn ich nicht gekommen wäre, zufällig, wärest du wirklich zu ihr hingegangen.«

Er antwortete nicht, er schwieg, bis sie beide das Fleisch gegessen hatten und der Käse kam und das Obst. Und wie er den letzten Schluck Wein aus seinem Glase getrunken hatte, überfiel ihn aufs neue jener plötzliche Schrecken, den er vor langen Jahren, während der Zeit seines Zusammenlebens mit Karoline, so oft gefühlt hatte. Und er wollte ihr wieder einmal entfliehen, und er rief: »Kellner, zahlen!« Sie aber fuhr ihm dazwischen: »Das ist meine Sache, Kellner!« Der Kellner, es war ein gereifter Mann mit erfahrenen Augen, sagte: »Der Herr hat zuerst gerufen.« Andreas war es also auch, der zahlte. Bei dieser Gelegenheit hatte er das ganze Geld aus der linken inneren Rocktasche hervorgeholt, und nachdem er gezahlt hatte, sah er mit einigem, allerdings durch Weingenuß gemildertem Schrecken, daß er nicht mehr die ganze Summe besaß, die er der kleinen Heiligen schuldete. »Aber es geschehen«, sagte er sich im stillen, »mir heutzutage so viele Wunder hintereinander, daß ich wohl sicherlich die nächste Woche noch das schuldige Geld aufbringen und zurückzahlen werde.«

»Du bist also ein reicher Mann«, sagte Karoline auf der Straße. »Von dieser kleinen Therese läßt du dich wohl aushalten.«

Er erwiderte nichts, und also war sie dessen sicher, daß sie recht hatte. Sie verlangte, ins Kino geführt zu werden. Und er ging mit ihr ins Kino. Nach langer Zeit sah er wieder ein Filmstück. Aber es war schon so lange her, daß er eines gesehen hatte, daß er dieses kaum mehr verstand und an der Schulter der Karoline einschlief. Hierauf gingen sie in ein Tanzlokal, wo man Ziehharmonika spielte, und es war schon so lange her, seitdem er zuletzt getanzt hatte, daß er gar nicht mehr recht tanzen konnte, als er es mit Karoline versuchte. Also nahmen sie ihm andere Tänzer weg, sie war immer noch recht frisch und begehrenswert. Er saß allein am Tisch und trank wieder Pernod, und es war ihm wie in alten Zeiten, wo Karoline auch mit anderen getanzt und er allein am Tisch getrunken hatte. Infolgedessen holte er sie auch plötzlich und gewaltsam aus den Armen eines Tänzers weg und sagte: »Wir gehen nach Hause!« Faßte sie am Nacken und ließ sie nicht mehr los, zahlte und ging mit ihr nach Hause. Sie wohnte in der Nähe.

Und so war alles wie in alten Zeiten, in den Zeiten vor dem Kriminal.

5

Sehr früh am Morgen erwachte er. Karoline schlief noch. Ein einzelner Vogel zwitscherte vor dem offenen Fenster. Eine Zeitlang blieb er mit offenen Augen liegen und nicht länger als ein paar Minuten. In diesen wenigen Minuten dachte er nach. Es kam ihm vor, daß ihm seit langer Zeit nicht so viel Merkwürdiges passiert sei wie in dieser einzigen Woche. Auf einmal wandte er sein Gesicht um und sah Karoline zu seiner Rechten. Was er gestern bei der Begegnung mit ihr nicht gesehen hatte, bemerkte er jetzt: sie war alt geworden: blaß, aufgedunsen und schwer atmend schlief sie den Morgenschlaf alternder Frauen. Er erkannte den Wandel der Zeiten, die an ihm selbst vorbeigegangen waren. Und er erkannte auch den Wandel seiner selbst, und er beschloß, sofort aufzustehen, ohne Karoline zu wecken, und ebenso zufällig, oder besser gesagt, schicksalshaft wegzugehen, so wie sie beide, Karoline und er, gestern zusammengekommen waren. Verstohlen zog er sich an und ging davon, in einen neuen Tag hinein, in einen seiner gewohnten neuen Tage.

Das heißt, eigentlich in einen seiner ungewohnten. Denn als er in die linke Brusttasche griff, wo er das erst seit einiger Zeit erworbene oder gefundene Geld aufzuheben gewohnt war, bemerkte er, daß ihm nur noch mehr ein Schein von fünfzig Francs verblieben war und ein paar kleine Münzen dazu. Und er, der schon seit langen Jahren nicht gewußt hatte, was Geld bedeute, und auf dessen Bedeutung er keineswegs mehr achtgegeben hatte, erschrak nunmehr, so wie einer zu erschrecken pflegt, der gewohnt ist, immer Geld in der Tasche zu haben, und auf einmal in die Verlegenheit gerät, sehr wenig noch in ihr zu finden. Auf einmal schien es ihm, inmitten der morgengrauen, verlassenen Gasse, daß er, der seit unzähligen Monaten Geldlose, plötzlich arm geworden sei, weil er nicht mehr so viele Scheine in der Tasche verspürte, wie er sie in den letzten Tagen besessen hatte. Und es kam ihm vor, daß die Zeit seiner Geldlosigkeit sehr, sehr weit hinter ihm zurück läge, und daß er eigentlich den Betrag, welcher den ihm gebührenden Lebensstandard aufrechterhalten sollte, übermütiger sowie auch leichtfertiger Weise für Karoline ausgegeben hatte.

Er war also böse auf Karoline. Und auf einmal begann er, der niemals auf Geldbesitz Wert gelegt hatte, den Wert des Geldes zu schätzen. Auf einmal fand er, daß der Besitz eines Fünfzig-Francs-Scheines lächerlich sei für einen Mann von solchem Wert und daß er überhaupt, um auch nur über den Wert seiner Persönlichkeit sich selber klarzuwerden, es unbedingt nötig habe, über sich selbst in Ruhe bei einem Glas Pernod nachzudenken.

Nun suchte er sich unter den nächstliegenden Gaststätten eine aus, die ihm am gefälligsten schien, setzte sich dorthin und bestellte einen Pernod. Während er ihn trank, erinnerte er sich daran, daß er eigentlich ohne Aufenthaltserlaubnis in Paris lebte, und er sah seine Papiere nach. Und hierauf fand er, daß er eigentlich ausgewiesen sei, denn er war als Kohlenarbeiter nach Frankreich gekommen, und er stammte aus Olschowice, aus dem polnischen Schlesien.

6

Hierauf, während er seine halbzerfetzten Papiere vor sich auf dem Tisch ausbreitete, erinnerte er sich daran, daß er eines Tages, vor vielen Jahren, hierher gekommen war, weil man in der Zeitung kundgemacht hatte, daß man in Frankreich Kohlenarbeiter suche. Und er hatte sich sein Lebtag nach einem fernen Lande gesehnt. Und er hatte in den Gruben von Quebecque gearbeitet und er war einquartiert gewesen bei seinen Landsleuten, dem Ehepaar Schebiec. Und er liebte die Frau, und da der Mann sie eines Tages zu Tode schlagen wollte, schlug er, Andreas, den Mann tot. Dann saß er zwei Jahre im Kriminal.

Diese Frau war eben Karoline.

Und dieses alles dachte Andreas im Betrachten seiner bereits ungültig gewordenen Papiere. Und hierauf bestellte er noch einen Pernod, denn er war ganz unglücklich.

Als er sich endlich erhob, verspürte er zwar eine Art von Hunger, aber nur jenen, von dem lediglich Trinker befallen werden können. Es ist dies nämlich eine besondere Art von Begehrlichkeit (nicht nach Nahrung), die lediglich ein paar Augenblicke dauert und sofort gestillt wird, sobald derjenige, der sie verspürt, sich ein bestimmtes Getränk vorstellt, das ihm in diesem bestimmten Moment zu behagen scheint.

Lange schon hatte Andreas vergessen, wie er mit Vatersnamen hieß. Jetzt aber, nachdem er soeben seine ungültigen Papiere noch einmal gesehen hatte, erinnerte er sich daran, daß er Kartak hieße: Andreas Kartak. Und es war ihm, als entdeckte er sich selbst erst seit langen Jahren wieder.

Immerhin grollte er einigermaßen dem Schicksal, das ihm nicht wieder, wie das letztemal, einen dicken, schnurrbärtigen, kindergesichtigen Mann in dieses Caféhaus geschickt hatte, der es ihm möglich gemacht hätte, neues Geld zu verdienen. Denn an nichts gewöhnen sich die Menschen so leicht wie an Wunder, wenn sie ihnen ein-, zwei-, dreimal widerfahren sind. Ja! Die Natur der Menschen ist derart, daß sie sogar böse werden, wenn ihnen nicht unaufhörlich all jenes zuteil wird, was ihnen ein zufälliges und vorübergehendes Geschick versprochen zu haben scheint. So sind die Menschen – – und was wollten wir anderes von Andreas erwarten? Den Rest des Tages verbrachte er also in verschiedenen anderen Tavernen, und er gab sich bereits damit zufrieden, daß die Zeit der Wunder, die er erlebt hatte, vorbei sei; endgültig vorbei sei, und seine alte Zeit nun wieder begonnen habe. Und zu jenem langsamen Untergang entschlossen, zu dem Trinker immer bereit sind – Nüchterne werden das nie erfahren! –, begab sich Andreas wieder an die Ufer der Seine, unter die Brücken.

Er schlief dort, halb bei Tag und halb bei Nacht, so wie er es gewohnt gewesen war seit einem Jahr, hier und dort eine Flasche Schnaps ausleihend bei dem und jenem seiner Schicksalsgenossen – – bis zur Nacht des Donnerstags auf Freitag.

In jener Nacht nämlich träumte ihm, daß die kleine Therese in der Gestalt eines blondgelockten Mädchens zu ihm käme und ihm sagte:»Warum bist du letzten Sonntag nicht bei mir gewesen?« Und die kleine Heilige sah genauso aus, wie er sich vor vielen Jahren seine eigene Tochter vorgestellt hatte. Und er hatte gar keine Tochter! Und im Traum sagte er zu der kleinen Therese:»Wie sprichst du zu mir? Hast du vergessen, daß ich dein Vater bin?« Die Kleine antwortete:»Verzeih, Vater, aber tu mir den Gefallen und komm morgen, Sonntag, zu mir in die Ste Marie des Batignolles.«

Nach dieser Nacht, in der er diesen Traum geträumt hatte, erhob er sich erfrischt und wie vor einer Woche, als ihm noch die Wunder geschehen waren, so als nähme er den Traum für ein wahres Wunder. Noch einmal wollte er sich am Flusse waschen. Aber bevor er seinen Rock zu diesem Zweck ablegte, griff er in die linke Brusttasche, in der vagen Hoffnung, es könnte sich dort noch irgend etwas Geld vorfinden, von dem er vielleicht gar nichts gewußt hätte. Er griff in die linke innere Brusttasche seines Rockes, und seine Hand fand dort zwar keinen Geldschein, wohl aber jene lederne Brieftasche, die er vor ein paar Tagen gekauft hatte. Diese zog er hervor. Es war eine äußerst billige, bereits verbrauchte, umgetauschte, wie nicht anders zu erwarten. Spaltleder. Rindsleder. Er betrachtete sie, weil er sich nicht mehr erinnerte, daß, wo und wann er sie gekauft hatte. Wie kommt das zu mir? fragte er sich. Schließlich öffnete er das Ding und sah, daß es zwei Fächer hatte. Neugierig sah er in beide hinein, und in einem von ihnen war ein Geldschein. Und er zog ihn hervor, es war ein Tausend-Francs-Schein.

Hierauf steckte er die tausend Francs in die Hosentasche und ging an das Ufer der Seine, und ohne sich um seine Unheilsgenossen zu kümmern, wusch er sich Gesicht und den Hals sogar, und dies beinahe fröhlich. Hierauf zog er sich den Rock wieder an und ging in den Tag hinein, und er begann den Tag damit, daß er in ein Tabac eintrat, um Zigaretten zu kaufen.

Nun hatte er zwar Kleingeld genug, um die Zigaretten bezahlen zu können, aber er wußte nicht, bei welcher Gelegenheit er den Tausend-Francs-Schein, den er so wunderbarerweise in der Brieftasche gefunden hatte, wechseln könnte. Denn soviel Welterfahrung besaß er schon, daß er ahnte, es bestünde in den Augen der Welt, das heißt, in den Augen der maßgebenden Welt, ein bedeutender Gegensatz zwischen seiner Kleidung, seinem Aussehen und einem Schein von tausend Francs. Immerhin beschloß er, mutig, wie er durch das erneuerte Wunder geworden war, die Banknote zu zeigen. Allerdings, den Rest der Klugheit noch gebrauchend, der ihm verblieben war, um dem Herrn an der Kasse des Tabacs zu sagen:»Bitte, wenn Sie tausend Francs nicht wechseln können, gebe ich Ihnen auch Kleingeld. Ich möchte sie aber gerne gewechselt haben.«

Zum Erstaunen Andreas' sagte der Herr vom Tabac:»Im Gegenteil! Ich brauche einen Tausend-Francs-Schein, Sie kommen mir sehr gelegen.« Und der Besitzer wechselte den Tausend-Francs-Schein. Hierauf blieb Andreas ein wenig an der Theke stehen und trank drei Gläser Weißwein; gewissermaßen aus Dankbarkeit gegenüber dem Schicksal.

7

Indes er so an der Theke stand, fiel ihm eine eingerahmte Zeichnung auf, die hinter dem breiten Rücken des Wirtes an der Wand hing, und diese Zeichnung erinnerte ihn an einen alten Schulkameraden aus Olschowice. Er fragte den Wirt:

»Wer ist das? Den kenne ich, glaube ich.« Darauf brachen sowohl der Wirt, als auch sämtliche Gäste, die an der Theke standen, in ein ungeheures Gelächter aus. Und sie riefen alle: »Wie, er kennt ihn nicht!«

Denn es war in der Tat der große Fußballspieler Kanjak, schlesischer Abkunft, allen normalen Menschen wohlbekannt. Aber woher sollten ihn Alkoholiker, die unter den Seine-Brücken schliefen, kennen, und wie, zum Beispiel, unser Andreas? Da er sich aber schämte, und insbesondere deshalb, weil er soeben einen Tausend-Francs-Schein gewechselt hatte, sagte Andreas:»Oh, natürlich kenne ich ihn, und es ist sogar mein Freund. Aber die Zeichnung schien mir mißraten.« Hierauf, und damit man ihn nicht weiter fragte, zahlte er schnell und ging.

Jetzt verspürte er Hunger. Er suchte also das nächste Gasthaus auf und aß und trank einen roten Wein und nach dem Käse einen Kaffee und beschloß, den Nachmittag in einem Kino zu verbringen. Er wußte nur noch nicht, in welchem. Er begab sich also im Bewußtsein dessen, daß er im Augenblick so viel Geld besäße, wie jeder der wohlhabenden Männer, die ihm auf der Straße entgegenkommen mochten, auf die großen Boulevards.

Zwischen der Oper und dem Boulevard des Capucines suchte er nach einem Film, der ihm wohl gefallen möchte, und schließlich fand er einen. Das Plakat, das diesen Film ankündigte, stellte nämlich einen Mann dar, der in einem fernen Abenteuer offenbar unterzugehen gedachte. Er schlich, wie das Plakat vorgab, durch eine erbarmungslose, sonnverbrannte Wüste. In dieses Kino trat nun Andreas ein. Er sah den Film vom Mann, der durch die sonnverbrannte Wüste geht. Und schon war Andreas im Begriffe, den Helden des Films sympathisch und ihn sich selbst verwandt zu fühlen, als plötzlich das Kinostück eine unerwartet glückliche Wendung nahm und der Mann in der Wüste von einer vorbeiziehenden, wissenschaftlichen Karawane gerettet und in den Schoß der europäischen Zivilisation zurückgeführt wurde. Hierauf verlor Andreas jede Sympathie für den Helden des Films. Und schon war er im Begriff, sich zu erheben, als auf der Leinwand das Bild jenes Schulkameraden erschien, dessen Zeichnung er vor einer Weile, an der Theke stehend, hinter dem Rücken des Wirtes der Taverne gesehen hatte. Es war der große Fußballspieler Kanjak. Hierauf erinnerte sich Andreas, daß er einmal, vor zwanzig Jahren, mit Kanjak zusammen in der gleichen Schulbank gesessen hatte, und er beschloß, sich morgen sofort zu erkundigen, ob sein alter Schulkollege sich in Paris aufhielte.

Denn er hatte, unser Andreas, nicht weniger als neunhundert-achtzig Francs in der Tasche.

Und dies ist nicht wenig.

8

Bevor er aber das Kino verließ, fiel es ihm ein, daß er es gar nicht nötig hätte, bis morgen früh auf die Adresse seines Freundes und Schulkameraden zu warten; insbesondere in Anbetracht der ziemlich hohen Summe, die er in der Tasche liegen hatte.

Er war jetzt, in Anbetracht des Geldes, das ihm verblieb, so mutig geworden, daß er beschloß, sich an der Kasse nach der Adresse seines Freundes zu erkundigen, des berühmten Fußballspielers Kanjak. Er hatte gedacht, man müßte zu diesem Zweck den Direktor des Kinos persönlich fragen. Aber nein! Wer war in ganz Paris so bekannt wie der Fußballspieler Kanjak? Der Türsteher schon kannte seine Adresse. Er wohnte in einem Hotel an den Champs Elysées. Der Türsteher sagte ihm auch den Namen des Hotels; und sofort begab sich unser Andreas auf den Weg dorthin.

Es war ein vornehmes, kleines und stilles Hotel, gerade eines jener Hotels, in denen Fußballspieler und Boxer, die Elite unserer Zeit, zu wohnen pflegen. Andreas kam sich in der Vorhalle etwas fremd vor, und auch den Angestellten des Hotels kam er etwas fremd vor. Immerhin sagten sie, der berühmte Fußballspieler Kanjak sei zu Hause und bereit, jeden Moment in die Vorhalle zu kommen.

Nach ein paar Minuten kam er auch herunter, und sie erkannten sich beide sofort. Und sie tauschten im Stehen noch alte Schulerinnerungen aus, und hierauf gingen sie zusammen essen, und es herrschte große Fröhlichkeit zwischen beiden. Sie gingen zusammen essen, und es ergab sich also infolgedessen, daß der berühmte Fußballspieler seinen verkommenen Freund folgendes fragte:

»Warum schaust du so verkommen aus, was trägst du überhaupt für Lumpen an deinem Leib?«

»Es wäre schrecklich« – antwortete Andreas – »wenn ich erzählen wollte, wie das alles gekommen ist. Und es würde auch die Freude an unserem glücklichen Zusammentreffen bedeutsam stören. Laß uns darüber lieber kein Wort verlieren. Reden wir von was Heiterem.«

»Ich habe viele Anzüge« – sagte der berühmte Fußballspieler Kanjak. »Und es wird mir eine Freude sein, dir den einen oder den anderen davon abzugeben. Du hast neben mir in der Schulbank gesessen, und du hast mich abschreiben lassen. Was bedeutet schon ein Anzug für mich! Wo soll ich ihn dir hinschicken?«»Das kannst du nicht«, erwiderte Andreas – »und zwar einfach deshalb, weil ich keine Adresse habe. Ich wohne nämlich seit einiger Zeit unter den Brücken an der Seine.«

»So werde ich dir also« – sagte der Fußballspieler Kanjak – »ein Zimmer mieten, einfach zu dem Zweck, dir einen Anzug schenken zu können. Komm!«

Nachdem sie gegessen hatten, gingen sie hin, und der Fußballspieler Kanjak mietete ein Zimmer, und dieses kostete fünfundzwanzig Francs pro Tag und war gelegen in der Nähe der großartigen Kirche von Paris, die unter dem Namen »Madeleine« bekannt ist.

9

Das Zimmer war im fünften Stock gelegen, und Andreas und der Fußballspieler mußten den Lift benützen. Andreas besaß selbstverständlich kein Gepäck. Aber weder der Portier noch der Liftboy noch sonst irgendeiner von dem Personal des Hotels verwunderte sich darüber. Denn es war einfach ein Wunder, und innerhalb des Wunders gibt es nichts Verwunderliches. Als sie beide im Zimmer oben standen, sagte der Fußballspieler Kanjak zu seinem Schulbankgenossen Andreas: »Du brauchst wahrscheinlich eine Seife.«

»Unsereins« – erwiderte Andreas – »kann auch ohne Seife leben. Ich gedenke hier acht Tage ohne Seife zu wohnen, und ich werde mich trotzdem waschen. Ich möchte aber, daß wir uns zur Ehre dieses Zimmers sofort etwas zum Trinken bestellen.«

Und der Fußballspieler bestellte ein Flasche Kognak. Diese tranken sie bis zur Neige. Hierauf verließen sie das Zimmer und nahmen ein Taxi und fuhren auf den Montmartre, und zwar in jenes Café, wo die Mädchen saßen und wo Andreas erst ein paar Tage vorher gewesen war. Nachdem sie dort zwei Stunden gesessen und Erinnerungen aus der Schulzeit ausgetauscht hatten, führte der Fußballspieler Andreas nach Hause, das heißt, in das Hotelzimmer, das er ihm gemietet hatte, und sagte zu ihm: »Jetzt ist es spät. Ich lasse dich allein. Ich schicke dir morgen zwei Anzüge. Und – brauchst du Geld?«

»Nein« – sagte Andreas – »ich habe neunhundertachtzig Francs, und das ist nicht wenig. Geh nach Hause!«

»Ich komme in zwei oder drei Tagen« – sagte der Freund, der Fußballspieler.

10

Das Hotelzimmer, in dem Andreas nunmehr wohnte, hatte die Nummer: neunundachtzig. Sobald Andreas sich allein in diesem Zimmer befand, setzte er sich in den bequemen Lehnstuhl, der mit rosa Rips überzogen war, und begann, sich umzusehn. Er sah zuerst die rotseidene Tapete, unterbrochen von zartgoldenen Papageienköpfen, an den Wänden drei elfenbeinerne Knöpfe, rechts an der Türleiste und in der Nähe des Bettes den Nachttisch und die Lampe darüber mit dunkelgrünem Schirm und ferner eine Tür mit einem weißen Knauf, hinter der sich etwas Geheimnisvolles, jedenfalls für Andreas Geheimnisvolles zu verbergen schien. Ferner gab es in der Nähe des Bettes ein schwarzes Telephon, dermaßen angebracht, daß auch ein im Bett Liegender das Hörrohr ganz leicht mit der rechten Hand erfassen kann.

Andreas, nachdem er lange das Zimmer betrachtet hatte und darauf bedacht gewesen war, sich auch mit ihm vertraut zu machen, wurde plötzlich neugierig. Denn die Tür mit dem weißen Knauf irritierte ihn, und trotz seiner Angst und obwohl er der Hotelzimmer ungewohnt war, erhob er sich und beschloß nachzusehen, wohin die Tür führe. Er hatte gedacht, sie sei selbstverständlich geschlossen. Aber wie groß war sein Erstaunen, als sie sich freiwillig, beinahe zuvorkommend, öffnete!

Er sah nunmehr, daß es ein Badezimmer war, mit glänzenden Kacheln und mit einer Badewanne, schimmernd und weiß, und mit einer Toilette, und kurz und gut, das, was man in seinen Kreisen eine Bedürfnisanstalt hätte nennen können.

In diesem Augenblick auch verspürte er das Bedürfnis, sich zu waschen, und er ließ heißes und kaltes Wasser aus den beiden Hähnen in die Wanne rinnen. Und wie er sich auszog, um in sie hineinzusteigen, bedauerte er auch, daß er keine Hemden habe, denn wie er sich das Hemd auszog, sah er, daß es sehr schmutzig war, und von vornherein schon hatte er Angst vor dem Augenblick, in dem er wieder aus dem Bad gestiegen und dieses Hemd anziehen müßte.

Er stieg in das Bad, er wußte wohl, daß es eine lange Zeit her war, seitdem er sich gewaschen hatte. Er badete geradezu mit Wollust, erhob sich, zog sich wieder an und wußte nun nicht mehr, was er mit sich anfangen sollte.

Mehr aus Ratlosigkeit als aus Neugier öffnete er die Tür des Zimmers, trat in den Korridor und erblickte hier eine junge Frau, die aus ihrem Zimmer gerade herauskam, wie er eben selbst. Sie war schön und jung, wie ihm schien. Ja, sie erinnerte ihn an die Verkäuferin in dem Laden, wo er die Brieftasche erstanden hatte, und ein bißchen auch an Karoline, und infolgedessen verneigte er sich leicht vor ihr und grüßte sie, und da sie ihm antwortete, mit einem Kopfnicken, faßte er sich ein Herz und sagte ihr geradewegs: »Sie sind schön.«

»Auch Sie gefallen mir« – antwortete sie – »einen Augenblick! Vielleicht sehen wir uns morgen.« – Und sie ging dahin im Dunkel des Korridors. Er aber, liebebedürftig, wie er plötzlich geworden war, sah nach der Nummer ihrer Tür, hinter der sie wohnte.

Und es war die Nummer: siebenundachtzig. Diese merkte er sich in seinem Herzen.

11

Er kehrte wieder in sein Zimmer zurück, wartete, lauschte und war schon entschlossen, nicht erst den Morgen abzuwarten, um mit dem schönen Mädchen zusammenzukommen. Denn, obwohl er durch die fast ununterbrochene Reihe der Wunder in den letzten Tagen bereits überzeugt war, daß sich die Gnade auf ihn niedergelassen hatte, glaubte er doch gerade deswegen, zu einer Art Übermut berechtigt zu sein, und er nahm an, daß er gewissermaßen aus Höflichkeit der Gnade noch zuvorkommen müßte, ohne sie im geringsten zu kränken. Wie er nun also die leisen Schritte des Mädchens von Nummer siebenundachtzig zu vernehmen glaubte, öffnete er vorsichtig die Tür seines Zimmers einen Spalt breit und sah, daß sie es wirklich war, die in ihr Zimmer zurückkehrte. Was er aber freilich infolge seiner langjährigen Unerfahrenheit nicht bemerkte, war der nicht geringzuschätzende Umstand, daß auch das schöne Mädchen sein Spähen bemerkt hatte. Infolgedessen machte sie, wie sie es Beruf und Gewohnheit gelehrt hatten, hastig und hurtig eine scheinbare Ordnung in ihrem Zimmer und löschte die Deckenlampe aus und legte sich aufs Bett und nahm beim Schein der Nachttischlampe ein Buch in die Hand und las darin; aber es war ein Buch, das sie bereits längst gelesen hatte.

Eine Weile später klopfte es auch zage an ihrer Tür, wie sie es auch erwartet hatte, und Andreas trat ein. Er blieb an der Schwelle stehen, obwohl er bereits die Gewißheit hatte, daß er im nächsten Augenblick die Einladung bekommen würde, näherzutreten. Denn das hübsche Mädchen rührte sich nicht aus ihrer Stellung, sie legte nicht einmal das Buch aus der Hand, sie fragte nur:»Und was wünschen Sie?«

Andreas, sicher geworden durch Bad, Seife, Lehnstuhl, Tapete, Papageienköpfe und Anzug, erwiderte:»Ich kann nicht bis morgen warten, Gnädige.« Das Mädchen schwieg.

Andreas trat näher an sie heran, fragte sie, was sie lese, und sagte aufrichtig:»Ich interessiere mich nicht für Bücher.«

»Ich bin nur vorübergehend hier« – sagte das Mädchen auf dem Bett – »ich bleibe nur bis Sonntag hier. Am Montag muß ich nämlich in Cannes wieder auftreten.«

»Als was?« – fragte Andreas.

»Ich tanze im Kasino. Ich heiße Gabby. Haben Sie den Namen noch nie gehört?«

»Gewiß, ich kenne ihn aus den Zeitungen« – log Andreas – und er wollte hinzufügen:»mit denen ich mich zudecke.« Aber er vermied es.

Er setzte sich an den Rand des Bettes, und das schöne Mädchen hatte nichts dagegen. Sie legte sogar das Buch aus der Hand, und Andreas blieb bis zum Morgen in Zimmer siebenundachtzig.

12

Am Samstagmorgen erwachte er mit dem festen Entschluß, sich von dem schönen Mädchen bis zu ihrer Abreise nicht mehr zu trennen. Ja, in ihm blühte sogar der zarte Gedanke an eine Reise mit der jungen Frau nach Cannes, denn er war, wie alle armen Menschen, geneigt, kleine Summen, die er in der Tasche hatte (und insbesondere die trinkenden armen Menschen neigen dazu), für große zu halten. Er zählte also am Morgen seine neunhundertachtzig Francs noch einmal nach. Und da sie in einer Brieftasche lagen, und da diese Brieftasche in einem neuen Anzug steckte, hielt er die Summe um das Zehnfache vergrößert. Infolgedessen war er auch keineswegs erregt, als eine Stunde später, nachdem er es verlassen hatte, das schöne Mädchen bei ihm eintrat, ohne anzuklopfen, und da sie ihn fragte, wie sie beide den Samstag zu verbringen hätten, vor ihrer Abreise nach Cannes, sagte er aufs Geratewohl: »Fontainebleau.« Irgendwo, halb im Traum, hatte er es vielleicht gehört. Er wußte jedenfalls nicht mehr, warum und wieso ihm dieser Ortsname auf die Zunge gekommen war.

Sie mieteten also ein Taxi, und sie fuhren nach Fontainebleau, und dort erwies es sich, daß das schöne Mädchen ein gutes Restaurant kannte, in dem man gute Speisen speisen und guten Trank trinken konnte. Und auch den Kellner kannte sie, und sie nannte ihn beim Vornamen. Und wenn unser Andreas eifersüchtig von Natur gewesen wäre, so hätte er wohl auch böse werden können. Aber er war nicht eifersüchtig, und also wurde er auch nicht böse. Sie verbrachten eine Zeitlang beim Essen und Trinken und fuhren hierauf, noch einmal im Taxi, zurück nach Paris, und auf einmal lag der strahlende Abend von Paris vor ihnen, und sie wußten nichts mit ihm anzufangen, eben wie Menschen nicht wissen, die nicht zueinander gehören und die nur zufällig zueinander gestoßen sind. Die Nacht breitete sich vor ihnen aus wie eine allzu lichte Wüste.

Und sie wußten nicht mehr, was miteinander anzufangen, nachdem sie leichtfertigerweise das wesentliche Erlebnis vergeudet hatten, das Mann und Frau gegeben ist. Also beschlossen sie, was den Menschen unserer Zeit vorbehalten bleibt, sobald sie nicht wissen, was anzufangen, ins Kino zu gehen. Und sie saßen da, und es war keine Finsternis, nicht einmal ein Dunkel, und knapp konnte man es noch ein

Halbdunkel nennen. Und sie drückten einander die Hände, das Mädchen und unser Freund Andreas. Aber sein Händedruck war gleichgültig, und er litt selber darunter. Er selbst. Hierauf, als die Pause kam, beschloß er, mit dem schönen Mädchen in die Halle zu gehen und zu trinken, und sie gingen auch beide hin, und sie tranken. Und das Kino interessierte ihn keineswegs mehr. Sie gingen in einer ziemlichen Beklommenheit ins Hotel.

Am nächsten Morgen, es war Sonntag, erwachte Andreas in dem Bewußtsein seiner Pflicht, daß er das Geld zurückzahlen müsse. Er erhob sich schneller als am letzten Tag und so schnell, daß das schöne Mädchen aus dem Schlaf aufschrak und ihn fragte:»Warum so schnell, Andreas?«

»Ich muß eine Schuld bezahlen«, sagte Andreas.

»Wie? Heute am Sonntag?« – fragte das schöne Mädchen.

»Ja, heute am Sonntag« – erwiderte Andreas.

»Ist es eine Frau oder ein Mann, dem du Geld schuldig bist?«

»Eine Frau« – sagte Andreas zögernd.

»Wie heißt sie?«

»Therese.«

Daraufhin sprang das schöne Mädchen aus dem Bett, ballte die Fäuste und schlug sie auch beide Andreas ins Gesicht.

Und daraufhin floh er aus dem Zimmer, und er verließ das Hotel. Und ohne sich weiter umzusehn, ging er in die Richtung der Ste Marie des Batignolles, in dem sicheren Bewußtsein, daß er heute endlich der kleinen Therese die zweihundert Francs zurückzahlen könnte.

Nun wollte es die Vorsehung – oder wie weniger gläubige Menschen sagen würden: der Zufall –, daß Andreas wieder einmal knapp nach der Zehn-Uhr-Messe ankam. Und es war selbstverständlich, daß er in der Nähe der Kirche das Bistro erblickte, in dem er zuletzt getrunken hatte, und dort trat er auch wieder ein.

Er bestellte also zu trinken. Aber vorsichtig, wie er war und wie es alle Armen dieser Welt sind, selbst wenn sie Wunder über Wunder erlebt haben, sah er zuerst nach, ob er wirklich auch Geld genug besäße, und er zog seine Brieftasche heraus. Und da sah er, daß von seinen neunhundertachtzig Francs kaum noch mehr etwas übrig war.

Es blieben ihm nämlich nur zweihundertfünfzig. Er dachte nach und erkannte, daß ihm das schöne Mädchen im Hotel das Geld genommen hatte. Aber unser Andreas machte sich gar nichts daraus. Er sagte sich, daß er für jede Lust zu zahlen habe, und er hatte Lust genossen, und er hatte also auch zu bezahlen.

Er wollte hier abwarten, so lange bis die Glocken läuteten, die Glocken der nahen Kapelle, um zur Messe zu gehen und um dort endlich die Schuld der kleinen Heiligen abzustatten. Inzwischen wollte er trinken, und er bestellte zu trinken. Er trank. Die Glocken, die zur Messe riefen, begannen zu dröhnen, und er rief:»Zahlen, Kellner!«, zahlte, erhob sich, ging hinaus und stieß knapp vor der Tür mit einem sehr großen, breitschultrigen Mann zusammen. Den nannte er sofort:»Woitech.« Und dieser rief zu gleicher Zeit:»Andreas!« Sie sanken einander in die Arme, denn sie waren beide zusammen Kohlenarbeiter gewesen in Quebecque, zusammen beide in einer Grube.

»Wenn du mich hier erwarten willst« – sagte Andreas – »zwanzig Minuten nur, so lange, wie die Messe dauert, nicht einen Moment länger!«

»Grad nicht« – sagte Woitech. – »Seit wann gehst du überhaupt in die Messe? Ich kann die Pfaffen nicht leiden und noch weniger die Leute, die zu den Pfaffen gehn.«

»Aber ich gehe zur kleinen Therese« – sagte Andreas – »ich bin ihr Geld schuldig.«

»Meinst du die kleine heilige Therese?« – fragte Woitech.

»Ja, die meine ich« – erwiderte Andreas.

»Wieviel schuldest du ihr?« – fragte Woitech.

»Zweihundert Francs!« – sagte Andreas.

»Dann begleite ich dich!« – sagte Woitech.

Die Glocken dröhnten immer noch. Sie gingen in die Kirche, und wie sie drinnen standen und die Messe gerade begonnen hatte, sagte Woitech mit flüsternder Stimme: »Gib mir sofort hundert Francs! Ich erinnere mich eben, daß mich drüben einer erwartet, ich komme sonst ins Kriminal!«

Unverzüglich gab ihm Andreas die ganzen zwei Hundert-Francs-Scheine, die er noch besaß und sagte: »Ich komme sofort nach.«

Und wie er nun einsah, daß er kein Geld mehr hatte, um es der Therese zurückzuzahlen, hielt er es auch für sinnlos, noch länger der Messe beizuwohnen. Nur aus Anstand wartete er noch fünf Minuten und ging dann hinüber, in das Bistro, wo Woitech auf ihn wartete.

Von nun ab blieben sie Kumpane, denn das versprachen sie einander gegenseitig.

Freilich hatte Woitech keinen Freund gehabt, dem er Geld schuldig gewesen wäre. Den einen Hundert-Francs-Schein, den ihm Andreas geborgt hatte, verbarg er sorgfältig im Taschentuch und machte einen Knoten darum. Für die andern hundert Francs lud er Andreas ein, zu trinken und noch einmal zu trinken, und noch einmal zu trinken, und in der Nacht gingen sie in jenes Haus, wo die gefälligen Mädchen saßen, und dort blieben sie auch alle beide drei Tage, und als sie wieder herauskamen, war es Dienstag und Woitech trennte sich von Andreas mit den Worten: »Sonntag sehen wir uns wieder, um dieselbe Zeit und an der gleichen Stelle und am selben Ort.«

»Servus!« – sagte Andreas.

»Servus!« – sagte Woitech und verschwand.

14

Es war ein regnerischer Dienstagnachmittag, und es regnete so dicht, daß Woitech im nächsten Augenblick tatsächlich verschwunden war. Jedenfalls schien es Andreas also.

Es schien ihm, daß sein Freund verlorengegangen war im Regen, genauso, wie er ihn zufällig getroffen hatte, und da er kein Geld mehr in der Tasche besaß, ausgenommen fünfunddreißig Francs, und verwöhnt vom Schicksal, wie er sich glaubte, und der Wunder sicher, die ihm gewiß noch geschehen würden, beschloß er, wie alle Armen und des Trunkes Gewohnten es tun, sich wieder dem Gott anzuvertrauen, dem einzigen, an den er glaubte. Also ging er zur Seine und die gewohnte Treppe hinunter, die zu der Heimatstätte der Obdachlosen führt.

Hier stieß er auf einen Mann, der eben im Begriffe war, die Treppe hinaufzusteigen, und der ihm sehr bekannt vorkam. Infolgedessen grüßte Andreas ihn höflich. Es war ein etwas älterer, gepflegt aussehender Herr, der stehenblieb, Andreas genau betrachtete und schließlich fragte:»Brauchen Sie Geld, lieber Herr?«

An der Stimme erkannte Andreas, daß es jener Herr war, den er drei Wochen vorher getroffen hatte. Also sagte er:»Ich erinnere mich wohl, daß ich Ihnen noch Geld schuldig bin, ich sollte es der heiligen Therese zurückbringen. Aber es ist allerhand dazwischengekommen, wissen Sie. Und ich bin schon das drittemal daran verhindert gewesen, das Geld zurückzugeben.«

»Sie irren sich« – sagte der ältere, wohlangezogene Herr –»ich habe nicht die Ehre, Sie zu kennen. Sie verwechseln mich offenbar, aber es scheint mir, daß Sie in einer Verlegenheit sind. Und, was die heilige Therese betrifft, von der Sie eben gesprochen haben, bin ich ihr dermaßen menschlich verbunden, daß ich selbstverständlich bereit bin, Ihnen das Geld vorzustrecken, das Sie ihr schuldig sind. Wieviel macht es denn?«

»Zweihundert Francs« – erwiderte Andreas –»aber verzeihen Sie, Sie kennen mich ja nicht! Ich bin ein Ehrenmann, und Sie können mich kaum mahnen. Ich habe nämlich wohl meine Ehre, aber keine Adresse. Ich schlafe unter einer dieser Brücken.«

»Oh, das macht nichts!« – sagte der Herr –»Auch ich pflege da zu schlafen. Und Sie erweisen mir geradezu einen Gefallen, für den ich nicht genug dankbar sein kann, wenn Sie mir das Geld abnehmen. Denn auch ich bin der kleinen Therese so viel schuldig!«

»Dann« – sagte Andreas –»allerdings, stehe ich zu Ihrer Verfügung.«

Er nahm das Geld, wartete eine Weile, bis der Herr die Stufen hinaufgeschritten war, und ging dann selber die gleichen Stufen hinauf und geradewegs in die Rue des Quatre Vents in sein altes Restaurant, in das russisch-armenische Tari-Bari, und dort blieb er bis zum Samstagabend. Und da erinnerte er sich, daß morgen Sonntag sei und daß er in die Kapelle Ste Marie des Batignolles zu gehen habe.

15

Im Tari-Bari waren viele Leute, denn manche schliefen dort, die kein Obdach hatten, tagelang, nächtelang, des Tags hinter der Theke und des Nachts auf den Banquetten. Andreas erhob sich am Sonntag sehr früh, nicht sosehr wegen der Messe, die er zu versäumen gefürchtet hätte, wie aus Angst vor dem Wirt, der ihn mahnen würde, Trank und Speise und Quartier für so viele Tage zu bezahlen.

Er irrte sich aber, denn der Wirt war bereits viel früher aufgestanden als er. Denn der Wirt kannte ihn schon seit langem und wußte, daß unser Andreas dazu neigte, jede Gelegenheit wahrzunehmen, um Zahlungen auszuweichen. Infolgedessen mußte unser Andreas bezahlen, von Dienstag bis Sonntag, reichlich Speise und Getränke und viel mehr noch, als er gegessen und getrunken hatte. Denn der Wirt vom Tari-Bari wußte zu unterscheiden, welche von seinen Kunden rechnen konnten und welche nicht. Aber unser Andreas gehörte zu jenen, die nicht rechnen konnten, wie viele Trinker. Andreas zahlte also einen großen Teil des Geldes, das er bei sich hatte, und begab sich dennoch in die Richtung der Kapelle Ste Marie des Batignolles. Aber er wußte wohl schon, daß er nicht mehr genügend Geld hatte, um der heiligen Therese alles zurückzuzahlen. Und er dachte ebenso an seinen Freund Woitech, mit dem er sich verabredet hatte, genau in dem gleichen Maße, wie an seine kleine Gläubigerin.

Nun also kam er in der Nähe der Kapelle an, und es war wieder leider nach der Zehn-Uhr-Messe, und noch einmal strömten ihm die Menschen entgegen, und wie er so gewohnt den Weg zum Bistro einschlug, hörte er hinter sich rufen, und plötzlich fühlte er eine derbe Hand auf seiner Schulter. Und wie er sich umwandte, war es ein Polizist.

Unser Andreas, der, wie wir wissen, keine Papiere hatte, wie so viele seinesgleichen, erschrak und griff schon in die Tasche, einfach um sich den Anschein zu geben, er hätte etwelche Papiere, die richtig seien. Der Polizist aber sagte:»Ich weiß schon, was Sie suchen. In der Tasche suchen Sie es vergeblich! Ihre Brieftasche haben Sie eben verloren. Hier ist sie, und« – so fügte er noch scherzhaft hinzu –»das kommt davon, wenn man Sonntag am frühen Vormittag schon so viele Apéritifs getrunken hat!...«

Andreas ergriff schnell die Brieftasche, hatte kaum Gelassenheit genug, den Hut zu lüften, und ging stracks ins Bistro hinüber.

Dort fand er den Woitech bereits vor und erkannte ihn nicht auf den ersten Blick, sondern erst nach einer längeren Weile. Dann aber begrüßte ihn unser Andreas um so herzlicher. Und sie konnten gar nicht aufhören, beide einander wechselseitig einzuladen, und Woitech, höflich, wie die meisten Menschen es sind, stand von der Banquette auf und bot Andreas den Ehrenplatz an und ging, so schwankend er auch war, um den Tisch herum, setzte sich gegenüber auf einen Stuhl und redete Höflichkeiten. Sie tranken lediglich Pernod.

»Mir ist wieder etwas Merkwürdiges geschehen«, sagte Andreas.»Wie ich da zu unserem Rendezvous herübergehen will, faßt mich ein Polizist an der Schulter und sagt: ›Sie haben Ihre Brieftasche verloren.‹ Und gibt mir eine, die mir gar nicht gehört, und ich stecke sie ein, und jetzt will ich nachschauen, was es eigentlich ist.«

Und damit zieht er die Brieftasche heraus und sieht nach, und es liegen darin mancherlei Papiere, die ihn nicht das geringste angehen, und er sieht auch Geld darin und zählt die Scheine, und es sind genau zweihundert Francs. Und da sagt Andreas: »Siehst du! Das ist ein Zeichen Gottes. Jetzt gehe ich hinüber und zahle endlich mein Geld!«

»Dazu«, antwortete Woitech, »hast du ja Zeit, bis die Messe zu Ende ist. Wozu brauchst du denn die Messe? Während der Messe kannst du nichts zurückzahlen. Nach der Messe gehst du in die Sakristei, und inzwischen trinken wir!«

»Natürlich, wie du willst«, antwortete Andreas.

In diesem Augenblick tat sich die Tür auf, und während Andreas ein unheimliches Herzweh verspürte und eine große Schwäche im Kopf, sah er, daß ein junges Mädchen hereinkam und sich genau ihm gegenüber auf die Banquette setzte. Sie war sehr jung, so jung, wie er noch nie ein Mädchen gesehen zu haben glaubte, und sie war ganz himmelblau angezogen. Sie war nämlich blau, wie nur der Himmel blau sein kann, an manchen Tagen, und auch nur an gesegneten. So schwankte er also hinüber, verbeugte sich und sagte zu dem jungen Kind: »Was machen Sie hier?«

»Ich warte auf meine Eltern, die eben aus der Messe kommen; die wollen mich hier abholen. Jeden vierten Sonntag«, sagte sie und war ganz verschüchtert vor dem älteren Mann, der sie so plötzlich angesprochen hatte. Sie fürchtete sich ein wenig vor ihm.

Andreas fragte darauf: »Wie heißen Sie?«

»Therese« – sagte sie.

»Ah«, rief Andreas darauf, »das ist reizend! Ich habe nicht gedacht, daß eine so große, eine so kleine Heilige, eine so große und so kleine Gläubigerin mir die Ehre erweist, mich aufzusuchen, nachdem ich so lange nicht zu ihr gekommen war.«

»Ich verstehe nicht, was Sie reden« – sagte das kleine Fräulein ziemlich verwirrt.

»Das ist nur Ihre Feinheit«, erwiderte hier Andreas. »Das ist nur Ihre Feinheit, aber ich weiß sie zu schätzen. Ich bin Ihnen seit langem zweihundert Francs schuldig, und ich bin nicht mehr dazu gekommen, sie Ihnen zurückzugeben, heiliges Fräulein!«

»Sie sind mir kein Geld schuldig, aber ich habe welches im Täschchen, hier, nehmen Sie und gehen Sie. Denn meine Eltern kommen bald.« Und somit gab sie ihm einen Hundert-Francs-Schein aus ihrem Täschchen.

All dies sah Woitech im Spiegel, und er schwankte auf aus seinem Sessel und bestellte zwei Pernods und wollte eben unseren Andreas an die Theke schleppen, damit er mittrinke. Aber, wie Andreas sich eben anschickt, an die Theke zu treten, fällt er um wie ein Sack, und alle Menschen im Bistro erschrecken und Woitech auch. Und am meisten das Mädchen, das Therese heißt. Und man schleppt ihn, weil in der Nähe kein Arzt und keine Apotheke ist, in die Kapelle, und zwar in die Sakristei, weil Priester doch etwas von Sterben und Tod verstehen, wie die ungläubigen Kellner trotzdem glaubten; und das Fräulein, das Therese heißt, kann nicht umhin und geht mit.

Man bringt also unsern armen Andreas in die Sakristei, und er kann leider nichts mehr reden, er macht nur eine Bewegung, als wollte er in die linke innere Rocktasche greifen, wo das Geld, das er der kleinen Gläubigerin schuldig ist, liegt, und er sagt: »Fräulein Therese!« – und tut seinen letzten Seufzer und stirbt.

Gebe Gott uns allen, uns Trinkern, einen so leichten und so schönen Tod!

Titelliste Taschenbuch-Literatur-Klassiker

Bd. 1 *Abenteuer und Fahrten des Huckleberry Finn*, Mark Twain, Bd. 2 *Andersens Märchen*, Hans Christian Andersen, Bd. 3 *Anton Reiser*, Karl Philipp Moritz, Bd. 4 *Aus dem Leben eines Taugenichts*, Joseph Freiherr v. Eichendorff, Bd. 5 *Bahnwärter Thiel*, Gerhard Hauptmann, Bd. 6 *Bambi Eine Lebensgeschichte aus dem Walde*, Felix Salten, Bd. 7 *Bauern, Bonzen und Bomben*, Hans Fallada, Bd. 8 *Bel Ami*, Guy de Maupassant, Bd. 9 *Bergkristall*, Adalbert Stifter, Bd. 10 *Candide oder der Optimismus*, Voltaire, Bd. 11 *Caspar Hauser oder Die Trägheit des Herzens*, Jakob Wassermann, Bd. 12 *Dantons Tod*, Georg Büchner, Bd. 13 *Das Bildnis des Dorian Grey*, Oscar Wilde, Bd. 14 *Das Dschungelbuch*, Rudyard Kipling, Bd. 15 *Das Fräulein von Scuderi*, ETA Hoffmann, Bd. 16 *Das Gemeindekind*, Marie v. Ebner-Eschenbach, Bd. 17 *Das Heptameron*, *Margarete v. Navarra*, Bd. 18 *Märchenbriefbuch der heiligen Nächte*, Max Dauphtendey, Bd. 19 *Das Marmorbild*, Joseph v. Eichendorff, Bd. 20 *Das Schloss*, Franz Kafka, Bd. 21 *Das Urteil*, Franz Kafka, Bd. 22 *David Copperfield*, Charles Dickens, Bd. 23 *Der abenteuerliche Simplizissimus*, Grimmelshausen, Bd. 24 *Der arme Spielmann*, Franz Grillparzer, Bd. 25 *Der eingebildete Kranke*, Moliere, Bd. 26 *Der ewige Spießer*, Ödön v. Horváth, Bd. 27 *Der Fürst*, Nocolò Machiavelli, Bd. 28 *Der Glöckner von Notre Dame*, Victor Hugo, Bd. 29 *Der goldene Esel*, Apuleius, Bd. 30 *Der goldene Topf*, ETA Hoffmann, Bd. 31 *Der Graf von Monte Christo*, Alexandre Dumas, Bd. 32 *Der grüne Heinrich*, Gottfried Keller, Bd. 33 *Der kleine Häwelmann und andere Märchen*, Theodor Storm, Bd. 34 *Der kleine Lord*, Frances Hodgson Burnett, Bd. 35 *Der letzte Mohikaner*, James Fenimore Cooper, Bd. 36 *Der Prozess*, Franz Kafka, Bd. 37 *Der Sandmann*, ETA Hoffmann, Bd. 38 *Der Schimmelreiter*, Theodor Storm, Bd. 39 *Der Schuss von der Kanzel*, Conrad Ferdinand Meyer, Bd. 40 *Der Seewolf*, Jack London, Bd. 41 *Der seltsame Fall des Dr. Jekyll und Mr. Hyde*, Robert Louis Stevenson, Bd. 42 *Der Stechlin*, Theodor Fontane, Bd. 43 *Der Sturmheidhof (Sturmhöhe)*, Emily Brontë, Bd. 44 *Der Tor und der Tod*, Hugo v. Hofmannsthal, Bd. 45 *Der Weg ins Freie*, Arthur Schnitzler, Bd. 46 *Der zerbrochene Krug*, Heinrich v. Kleist, Bd. 47 *Deutsches Märchenbuch*, Ludwig Bechstein, Bd. 48 *Deutschland. Ein Wintermärchen*, Heinrich Heine, Bd. 49 *Die Abenteuer der sieben Schwaben*, Ludwig Aurbacher, Bd. 50 *Die Burg von Otranto*, Horace Walpole, Bd. 51 *Die drei Musketiere*, Alexandre Dumas, Bd. 52 *Die Elixiere des Teufels*, ETA Hoffmann, Bd. 53 *Die Geschichte meines Lebens*, Georg Ebers, Bd. 54 *Die Insel Felsenburg*, Johann Gottfried Schnabel, Bd. 55 *Die Judenbuche*, Annette v. Droste-Hülshoff, Bd 56. *Die Kameliendame*, Alexandre Dumas, Bd. 57 *Die Kartause von Parma*, Stendhal, Bd. 58 *Die Kreutzersonate*, Lew Tolstoi, Bd. 59 *Die Leiden des jungen Werther*, Johann Wolfgang v. Goethe, Bd. 60 *Die Leute von Seldvyla I*, Gottfried Keller, Bd. 61 *Die Leute von Seldvyla II*, Gottfried Keller, Bd. 62 *Die Marquise*, George Sand, Bd. 63 *Die Marquise von O.*, Heinrich v. Kleist, Bd. 64 *Die Memoiren der Fanny Hill*, John Cleland, Bd. 65 *Die Ratten*, Gerhard Hauptmann, Bd. 66 *Die Räuber*, Friedrich v. Schiller, Bd. 67 *Die Regentrude*, Theodor Storm, Bd. 68 *Die Reisen des Baron zu Münchhausen*, Bd. 69 *Die Schatzinsel*, Robert Louis Stevenson, Bd. 70 *Die Verlobten*, Allessandro Manzoni, Bd. 71 *Die Verwandlung*, Franz Kafka, Bd. 72 *Die Verwirrungen des Zöglings Törleß*, Robert Musil, Bd. 73 *Die Waffen nieder*, Berta von Suttner, Bd. 74 *Die Wahlverwandtschaften*, Johann Wolfgang v. Goethe, Bd. 75 *Don Carlos*, Friedrich v. Schiller, Bd. 76 *Eduards Traum*, Wilhelm Busch, Bd. 77 *Effi Briest*, Theodor Fontane, Bd. 78 *Egmont*, Johann Wolfgang v. Goethe, Bd. 79 *Ein Held unserer Zeit*, Michail Lermontoff, Bd. 80 *Einsichten und Ausblicke*, Gerhard Hauptmann, Bd. 81 *Emilia Galotti*, Gottold Ephraim Lessing, Bd. 82 *Erinnerungen aus galanter Zeit*, Giacomo Casanova, Bd. 83 *Erzählungen*, Wilhelm Busch, Bd. 84 *Es waren zwei Königskinder*, Theodor Storm, Bd. 85 *Essays*, Michel de Montaigne, Bd. 86 *Franz Sternbalds Wanderungen*, Ludwig Tieck, Bd. 87 *Fräulein Else*, Arthur Schnitzler, Bd. 88 *Frühlings Erwachen*, Frank Wedekind, Bd. 89 *Gedanken*, Blaise Pascal,

Bd. 90 *Gefährliche Liebschaften*, Pierre-Ambroise-François Choderlos de Laclos, Bd. 91 *Gegen den Strich*, Joris-Karl Huysmany, Bd. 92 *Geschichte des Fräuleins von Sternheim*, Sophie v. La Roche, Bd. 93 *Geschichte vom braven Kasperl und dem Annerl*, Clemens Brentano, Bd. 94 *Geschichten aus dem Wienerwald*, Ödön v. Horváth, Bd. 95 *Glanz und Elend der Kurtisanen*, Honore de Balzac, Bd. 96 *Glück und Unglück der berühmten Moll Flanders*, Daniel Defoe, Bd. 97 *Götz von Berlichingen*, Johann Wolfgang v. Goethe, Bd. 98 *Gullivers Reisen*, Jonathan Swift, Bd. 99 *Heidis Lehr und Wanderjahre*, Johann Spyri, Bd. 100 *Heinrich von Ofterdingen*, Novalis, Bd. 101 *Hiob Roman eines einfachen Mannes*, Joseph Roth, Bd. 102 *Immensee*, Theodor Storm, Bd. 103 *Iphigenie auf Tauris*, Johann Wolfgang v. Goethe, Bd. 104 *Italienische Märchen*, Clemens Brentano, Bd. 105 *Ivannhoe*, Walter Scott, Bd. 106 *Jahrmarkt der Eitelkeiten*, William Makepaece Thackeray, Bd. 107 *Jane Eyre*, Charlotte Brontë, Bd. 108 *Jugend ohne Gott*, Ödön v. Horvath, Bd. 109 *Jürg Jenatsch*, Conrad Ferdinand Meyer, Bd. 110 *Kabale und Liebe*, Friedrich v. Schiller, Bd. 111 *Kasimir und Karoline*, Ödön v. Horvath, Bd. 112 *Kinder- und Hausmärchen*, Gebrüder Grimm, Bd. 113 *Kleiner Mann, was nun*, Hans Fallada, Bd. 114 *König Alkohol*, Jack London, Bd. 115 *Krambambuli*, Marie Ebner-Eschenbach, Bd. 116 *Lausbubengeschichten*, Ludwig Thoma, Bd. 117 *Lavinia - Pauline - Kora*, George Sand, Bd. 118 *Leben und Lüge*, Detlev von Liliencron, Bd. 119 *Lebensansichten des Katers Murr*, ETA Hoffmann, Bd. 120 *Lenz. Der hessische Landbote*, Georg Büchner, Bd. 121 *Lieutenant Gustl*, Arthur Schnitzler, Bd. 122 *Lord Jim*, Joseph Conrad, Bd. 123 *Luise*, Johann Heinrich Voß, Bd. 124 *Madame Bovary*, Gustave Flaubert, Bd. 125 *Märchen*, Wilhelm Hauff, Bd. 126 *Maria Stuart*, Friedrich v. Schiller, Bd. 127 *Max Havelaar*, Multatuli, Bd. 128 *Meister Floh*, ETA Hoffmann, Bd. 129 *Michael Kohlhaas*, Heinrich v. Kleist, Bd. 130 *Minna von Barnhelm*, Gotthold Ephraim Lessing, Bd. 131 *Moby Dick*, Hermann Melville, Bd. 132 *Nathan, der Weise*, Gotthold Ephraim Lessing, Bd. 133-1 und 133-2 *Nils Holgersson wunderbare Reise*, Selma Lagerlöf, Bd. 134 *Niels Lyne*, Jens Peter Jacobsen, Bd. 135 *Nußknacker und Mausekönig*, ETA Hoffmann, Bd. 136 *Oliver Twist*, Charles Dickens, Bd. 137 *Onkel Toms Hütte*, Herriett Beecher Stowe, Bd. 138 *Peter Schlemihls wundersame Geschichte*, Adalbert v. Chamisso, Bd. 139 *Peterchens Mondfahrt*, Gerdt v. Bassewitz, Bd. 140 *Pinocchio*, Carlo Collodi, Bd. 141 *Reinecke Fuchs*, Johann Wolfgang v. Goethe, Bd. 142 *Rheinmärchen*, Clemens Brentano, Bd. 143 *Rinaldo Rinaldini*, Christian August Vulpius, Bd. 144 *Robinson Crusoe*; Daniel Defoe, Bd. 145 *Romeo und Julia*, William Shakespeare Bd. 146 *Schach von Wuthenow*, Theodor Fontane, Bd. 147 *Schachnovelle*, Stefan Zweig, Bd. 148 *Schatzkästlein des rheinischen Hausfreundes*, Johann Peter Hebel, Bd. 149 *Schelmuffskys Reisebeschreibung*, Christian Reuter, Bd. 150 *Schloss Gripsholm*, Kurt Tucholsky, Bd. 151 *Siebenkäs*, Jean Paul, Bd. 152 *Sternstunden der Menschheit*, Stefan Zweig, Bd. 153 *Tao te king*, Laotse, Bd. 154 *Till Eulenspiegel*, Hermann Bote, Bd. 155 *Tolldreiste Geschichten*, Honorè de Balzac, Bd. 156 *Tom Jones, Geschichte eines Findelkindes*, Henry Fielding, Bd. 157 *Tom Sawyers Abenteuer und Streiche*, Mark Twain, Bd. 158 *Troquato Tasso*, Johann Wolfgang v. Goethe, Bd. 159 *Traumnovelle*, Arthur Schnitzler, Bd. 160 *Trost der Philosophie*, Boethius, Bd. 161 *Über den Umgang mit Menschen*, Adolph Freiherr v. Knigge, Bd. 162 *Uli der Knecht*, Jeremias Gotthelf, Bd. 163 *Uli der Pächter*, Jeremias Gotthelf, Bd. 164 *Ungeduld des Herzens*, Stefan Zweig, Bd. 165 *Ut oler Welt*, Wilhelm Busch, Bd. 166 *Vater Goriot*, Honorè de Balzac, Bd. 167 *Väter und Söhne*, Ivan Sergejeviç Turgenev, Bd. 168 *Verlorene Illusionen*, Honorè de Balzac, Bd. 169 *Von der Freiheit eines Christenmenschen*, Martin Luther – Bd. 170 *Von der Ursache, dem Prinzip und dem Einen*, Bruno Giordano, Bd. 171 *Vor Sonnenuntergang*, Gerhard Hauptmann, Bd. 172 *Walden oder Leben in den Wäldern*, Henry D. Thoreau, Bd. 173 *Wilhelm Meisters Lehrjahre*, Johann Wolfgang v. Goethe, Bd. 174 *Wilhelm Meisters Wanderjahre*, Johann Wolfgang v. Goethe, Bd. 175 *Wilhelm Tell*, Friedrich v. Schiller

Von demselben Autor/Herausgeber sind bei BOD bereits erschienen:

Alle Tage Feiertage
ISBN 978-3-7386-0409-2, 280 S.
Allerlei Anlässe zum Aktionieren, Feiern und Gedenken

100 Kinderlieder
ISBN 978-3-7322-3024-2, 112 S.
100 Kinderlieder, altbekannt und immer wieder gern gesungen

Liederbuch (Deutsche Volkslieder)
ISBN 978-3-8423-6702-9, 312 S.
300 Volkslieder aus 8 Jahrhunderten und aller Herren Länder

Sagen und Erzählungen aus Marburg und Oberhessen
ISBN 978-3-7347-8909-0 , 164 S.
Allerlei Schwänke und Geschichten aus dem Marburger Land

Tausenderlei über die Freiheit
ISBN 978-3-7322-9721-4, 140 S.
Mehr als 1000 Zitate, Bonmots und Aphorismen über die Freiheit

Tausenderlei über das Glück
ISBN 978-3-7322-5525-2, 160 S.
Mehr als 1000 Zitate, Bonmots und Aphorismen über das Glück

Tausenderlei über die Liebe
ISBN 978-3-8423-7474-4, 140 S.
Mehr als 1000 Zitate, Bonmots und Aphorismen zum Thema Nr. Eins

Weihnachtsgedichte– Verse, Reime und Gedichte zum Fest
ISBN 978-3-7347-6393-9, 352 S.
290 Werke bekannter und unbekannter Dichter zum Weihnachtsfest

Weihnachtsgeschichten - Erzählungen und Märchen
ISBN 978-3-7347-6404-2, 392 S.
85 kurze und lange Texte zur Weihnachtszeit

Weihnachtsgeschichten 2
ISBN 978-3-7481-7533-9, 360 S.
35 kürzere und längere Geschichten zur Weihnacht

100 Weihnachtslieder
ISBN 978-3-7322-3375-5, 112 S.
100 Weihnachtslieder aus der Heimat und der ganzen Welt

Lob und Tadel an tessitore@web.de